GEIRIAU MAWR I BOBL FACH

Helen Mortimer a Cristina Trapanese

Dysgu

Learning

RILY

Anturio

Cyn gynted â'n bod ni'n agor ein llygaid
yn y bore, rydyn ni'n anturiaethwyr,
yn barod i sylwi ar bethau newydd a
chyffrous o fore gwyn tan nos.

Darganfod

Mae edrych, gwrando, cyffwrdd, blasu ac arogleuo yn rhoi cyfle i ni ddarganfod mwy am y byd o'n cwmpas.

Alli di ddarganfod y pum synnwyr fan hyn?

Help

Heddiw, efallai bydd angen i ti ofyn am help.

Ble mae fy machyn i?

Yfory, efallai byddi di'n
gallu helpu rhywun arall.

Mae'r llyfr hwn
yn mynd fan hyn!

Dyna pam mae'n haws dysgu pan
fyddwn ni'n gweithio fel tîm.

6

Tyfu

Dylen ni roi amser bob dydd i feddwl, darllen a dychmygu.

Mae pob un o'r pethau bach hyn yn helpu ein meddyliau i dyfu.

Cwestiynau ac atebion

Mae dod o hyd i atebion yn dechrau bob amser gyda gofyn cwestiynau. Paid byth â bod ofn bod yn chwilfrydig.

9

10

Datrys problemau

Pan fyddwn ni'n arbrofi, byddwn ni'n darganfod ffyrdd o ddatrys problem.

Does dim paent gwyrdd ar ôl.

Technoleg

Mae defnyddio technoleg yn dysgu sgiliau pwysig i ni ac mae'n gwneud dysgu'n hwyl!

14

Canolbwyntio

Mae rhai pethau'n anodd ac mae angen amser tawel arnon ni, heb i neb dorri ar ein traws, er mwyn i ni ganolbwyntio.

16

Ceisio

Mae rhoi cynnig ar rywbeth am y tro cyntaf yn gallu codi ofn arnat ti.

Hwrê!

Ond pan wyt ti'n credu ynot ti, ac mae
gen ti bobl eraill sy'n dy annog di, yna
mae'n haws nag wyt ti'n meddwl.

18

Eto, eto!

Mae dysgu pethau defnyddiol ar gof
yn golygu ein bod ni'n eu cofio nhw.
Gallan nhw ein helpu ni bob dydd.

20

Barod

Pan fydd ein meddyliau ni ar agor ac rydyn ni'n barod i weithio'n galed, mae dysgu mor hawdd ag un, dau, tri!

Dysgu

O'r eiliad y byddwn ni'n deffro tan yr eiliad pan fyddwn ni'n mynd i gysgu, bob dydd o'n bywyd, rydyn ni'n dysgu bob amser.

Wyth syniad ar gyfer cael y gorau o'r llyfr hwn

1 Ydych chi wedi dysgu rhywbeth newydd heddiw?

2 Gofynnwch i'ch gilydd sut fyddech chi'n disgrifio dysgu mewn geiriau.

3 Dydyn ni ddim wedi rhoi enwau i'r plant yn fwriadol – gallwch chi ddewis eu henwau, ac efallai ddyfeisio rhywbeth am eu personoliaeth efallai?

4 Mae gofyn cwestiynau yn ein helpu i ddysgu. "Pam mae caws yn ddrewllyd?" "Pam fyddwn ni'n cysgu?" Beth am ofyn ambell gwestiwn i'ch gilydd a cheisio dod o hyd i'r atebion gyda'ch gilydd?

5 Beth am drafod beth allai fod wedi digwydd cyn ac ar ôl pob eiliad a welir yn y llyfr?

6 Nid dim ond rhywbeth wnawn ni yn yr ysgol ydy dysgu. Gall dysgu ddigwydd yn rhywle a thrwy gydol ein bywyd. Mae'n rhaid i oedolion, hyd yn oed, ddysgu pethau newydd!

7 Beth am greu llyfr lloffion gyda'ch gilydd yn cynnwys popeth yr hoffech chi ddysgu mwy amdano?

8 Beth yw eich hoff air am ddysgu o'r llyfr – mae'n debyg y bydd yn wahanol bob tro y byddwch chi'n rhannu'r stori!

Carlo?

Griff?

Siani?

Pero?

Eight ideas for getting the most from this book

1. Have you learned something new today?

2. Ask each other how you would describe learning in words.

3. We deliberately haven't given the children names - you can choose their names, and maybe invent something about their personality?

4. Asking questions helps us learn. "Why is cheese smelly?" "Why do we sleep?" Why not ask each other a few questions and try to find the answers together?

5. Why not discuss what might have happened before and after every moment in the book?

6. Learning is not just something we do in school. Learning can happen anywhere and throughout our life. Even adults have to learn new things!

7. Why not create a scrapbook together with everything you would like to learn more about?

8. What's your favourite word for learning from the book - it's probably different every time you share the story!

Chadwick?

Titch?

Marnie?

Rusty?

Geirfa | Glossary

ar gof | pan fyddwn ni'n gwybod rhywbeth ar ein cof, rydyn ni'n gallu ei gofio'n hawdd
by heart | when we know something by heart, we remember it easily

canolbwyntio | pan fyddwn ni'n canolbwyntio, dim ond am un peth fyddwn ni'n meddwl
concentrate | when we concentrate, we think about only one thing

chwilfrydig | mae bod yn chwilfrydig yn golygu dy fod eisiau gwybod rhywbeth neu ddysgu rhywbeth
curious | being curious means wanting to know or learn something

arbrawf | os wyt ti'n arbrofi, rwyt ti'n rhoi cynnig ar sawl ffordd wahanol o ddysgu rhywbeth
experiment | if you experiment, you try lots of different ways to find something out

technoleg | peth y gallwn ni ei defnyddio i'n helpu i ddysgu
technology | things we can use to help us learn

Dal ati i ddysgu!
Keep learning!

1-2
Anturio / Explore
As soon as our eyes open in the morning we are explorers, ready to notice new and exciting things all day long.

3-4
Darganfod / Discover
Looking, listening, touching, tasting and smelling allow us to discover more about the world around us.
Can you find the five senses here?

5-6
Help / Help
Today you might need to ask for help.
I can't find my peg!
Tomorrow you might be able to help someone else.
This book goes here!
That's why learning is easier when we work as a team.

7-8
Tyfu / Grow
We should make time every day to think, to read and to imagine.
These things all help our minds to grow.
S is for Sun

9-10
Cwestiynau ac atebion / Questions and answers
Finding out answers always starts with asking questions.
Never be afraid to be curious.
Who laid this egg?
Why is this leaf prickly?

11-12
Datrys problemau / Solving problems
When we experiment, we find ways to fix a problem.
There's no green paint left!
Blue and yellow make green

13-14
Technoleg / Technology
Using technology teaches us important skills and it makes learning fun!
Is it my turn yet?

15-16
Canolbwyntio / Focus
Some things are hard to do and we need quiet time, without interruptions, so that we can concentrate.

17-18
Ceisio / Try
It feels scary to try something for the first time.
Yay!
1, 2, 3 jump!
But when you believe in yourself and have others to cheer you on, then it's easier than you think.

19-20
Eto, eto! / Again, again!
Learning useful things by heart means that we remember them. They can help us every day.

21-22
Barod / Ready
When our minds are open and we are willing to work hard, learning is as easy as one, two, three!

23-24
Dysgu / Learning
From the moment we wake up to the minute we fall asleep, every day of our lives, we are always learning.